9 Avril 91

VENTE DU JEUDI 9 AVRIL 1891

HOTEL DROUOT, SALLE N° 8

ARMES ANCIENNES

Céramique

OBJETS VARIÉS

EXPOSITION PUBLIQUE

LE MERCREDI 8 AVRIL 1891

de 1 heure 1/2 à 5 heures 1/2.

Mᵉ PAUL CHEVALLIER
COMMISSAIRE-PRISEUR
10, rue Grange-Batelière, 10.

M. CHARLES MANNHEIM
EXPERT
7, rue Saint-Georges, 7

HONORÉ
AUDITU
NATURÆ
IMPRIMERIE DE L'ART

CATALOGUE

DES

ARMES ANCIENNES

Armes à feu, Pièces d'armures

ÉPÉES, POIGNARDS, ARMES D'HAST

ARBALÈTES

Vitraux, Céramique

CUIRS, OBJETS VARIÉS, ÉTOFFES

DONT LA VENTE AURA LIEU

HOTEL DROUOT, SALLE Nº 8

Le Jeudi 9 Avril 1891

A DEUX HEURES

Mᵉ PAUL CHEVALLIER	**M. CHARLES MANNHEIM**
COMMISSAIRE-PRISEUR	EXPERT
10, rue de la Grange-Batelière, 10	7, rue Saint-Georges, 7

EXPOSITION PUBLIQUE

Le Mercredi 8 Avril 1891, de 1 heure à 5 heures 1/2

CONDITIONS DE LA VENTE

Elle sera faite au comptant.

Les acquéreurs payeront *cinq pour cent* en sus des adjudications, applicables aux frais de la vente.

L'exposition mettant le public à même de se rendre compte de l'état des objets, il ne sera admis aucune réclamation une fois l'adjudication prononcée.

Paris. — Imprimerie de l'Art, E. MÉNARD ET Cⁱᵉ, 41, rue de la Victoire

DÉSIGNATION DES OBJETS

ARMES A FEU

1 — Grand pistolet à rouet, à fût et crosse de bois incrusté d'os gravé, à sujets de chasse : le canon et la platine sont en fer orné de scènes de chasse également et de pendentifs en léger relief sur fond doré. XVII⁰ siècle.

2 — Deux petits pistolets à silex, signés *I. Hallet*, à fût et crosse de bois sculpté à motifs rocaille, et à canon, platine, batterie, sous-garde et garnitures de fer damasquiné d'or en relief, à décor de trophées d'armes. XVIII⁰ siècle.

3-4 — Quatre fusils sardes, à silex, en fer gravé et bois. XVIII⁰ siècle.

5 — Petit obusier en bronze.

PIÉCES D'ARMURES

6 — Pansière en fer ornée de rinceaux gravés. XVI⁰ siècle.

7 — Autre pansière en fer gravé : personnages et rinceaux. XVI⁰ siècle.

8-9 — Deux cuirasses en fer.

10 — Rondache en fer du xvie siècle, gravée postérieu-
rement.

11 — Rondache armoriée.

12 — Deux mitons en fer. xviie siècle.

13 — Cabasset en fer. xvie siècle.

14 — Autre cabasset en fer orné de bandes de rinceaux
dorés sur fond noir. xvie siècle.

15-16 — Deux bourguignottes en fer, à nasal et couvre-
nuque articulé.

17 — Armet en fer, à visière en deux parties. xvie siècle.

18 — Autre armet en fer. xvie siècle.

19 — Armet en fer à bombe côtelée.

20 — Morion à oreilles en fer. xvie siècle.

21 — Autre morion en fer avec clous de cuivre. xvie siècle.

22 — Autre morion en fer, à oreilles et clous de cuivre.
xvie siècle.

23 — Morion à la fleur de lis.

24 — Morion en fer décoré en léger relief.

ÉPÉES

25 — Épée à poignée de fer du xvie siècle ; corbeille hémisphérique ajourée et gravée, à longs quillons droits.

26 — Épée à poignée de fer doré, du xviie siècle, à corbeille hémisphérique.

27 — Épée à double coquille en fer gravé et très longs quillons droits. xvie siècle.

28 — Épée à corbeille hémisphérique, de fer gravé, à feuillages et longs quillons droits.

29 — Épée à poignée de fer et de bois; fusée taillée à facettes; pommeau orné de feuillages. xviie siècle.

30 — Épée à poignée de fer; pommeau côtelé et double coquille ajourée. xviie siècle.

31 — Deux épées du xviie siècle, à poignée de fer.

32 — Épée à poignée de fer, à quillons renversés vers la lame, et pommeau orné de coquilles.

33 — Quatre épées esclavones à poignée de fer. xviie siècle.

34 — Épée à poignée de fer gravé; longs quillons droits et pommeau conique. xvie siècle.

35 — Épée à poignée de fer gravé, du xvie siècle; quillons légèrement renversés vers la lame et pommeau godronné.

36 — Épée à poignée de fer; quillons en S et double coquille ajourée. xviie siècle.

37 — Épée à poignée de fer, avec branche de garde en forme de feuille.

38 — Épée à poignée de fer, quillons droits et pas d'âne, lame flamboyante.

39 — Sabre à poignée de fer et de bois ; nombreuses branches de garde de forme contournée. XVIe siècle.

40 — Claymore à poignée de fer damasquiné d'argent ; fourreau de cuir, et lame ornée d'inscriptions. XVIIe siècle.

41 — Autre claymore analogue à la précédente, avec lame de Tolède. XVIIe siècle.

42 à 44 — Trois claymores à poignées de fer uni. XVIIe siècle.

45 — Épée à poignée de fer ornée de rinceaux dorés. XVIIe siècle.

46 — Épée à poignée de fer, ornée de rinceaux dorés, avec coquille pleine ; lame gravée à devises et entrelacs. XVIIe siècle.

47 — Épée à poignée de fer, à trophées et motifs rocaille en léger relief. XVIIe siècle.

48 — Épée du XVIIe siècle, à poignée de fer ; double coquille ajourée et lame portant des traces de gravure.

49 — Trois pièces : sabre à fusée de bois et deux épées à poignée de fer, dont l'une avec traces de damasquine.

50 à 52 — Onze épées de ville, Louis XIV et Louis XV, à poignées de cuivre ciselé.

53-54 — Huit couteaux de chasse à poignées de cuivre et corne. Époques Louis XIV et Louis XV.

55 — Petite épée d'enfant du XVIIIe siècle, à poignée de fer ornée de rinceaux argentés.

56 — Épée de ville du temps de la Régence, à poignée de

fer damasquiné à quadrillages et trophées ; lame en fer gravé ; fourreau de cuir.

57 — Épée de ville Louis XV, à poignée de fer ornée de rocailles en léger relief sur fond doré ; lame d'acier bleui à décor doré.

58 — Épée de ville Louis XV, à poignée de fer ajouré à rocailles.

59 — Épée de ville du xviiie siècle, à poignée de fer ajouré à quadrillages ; fourreau en cuir.

60 — Épée Louis XV, à poignée de fer ornée de rocailles et lame de Tolède.

61 — Épée du xviiie siècle, à poignée de fer ; pommeau taillé à facettes et coquille gravée ; lame de Tolède.

62 — Épée de cour à poignée de cuivre argenté, avec plaques de nacre sur la fusée ; lame d'acier bleui au talon et fourreau de cuir.

63 — Trois épées du xviiie siècle, à poignées de fer, dont deux à fusée de bois.

64 — Épée à poignée de fer, avec corbeille formée de nombreuses branches de garde.

65 — Épée à poignée de fer, à nombreuses branches de garde et contregarde et longs quillons droits.

66 — Épée à poignée de fer, à double coquille gravée.

67 — Épée à poignée de fer et de bois ; pommeau côtelé et quillons en S.

68 — Épée à corbeille en fer ajouré et ornée de bustes et grotesques gravés ; longs quillons droits.

69 — Épée à poignée de fer damasquiné d'argent ; nombreuses branches de garde et de contregarde, pommeau orné de nervures.

70 — Épée à poignée de fer, branches de garde contournées.

71 — Sabre à poignée de fer ; pommeau à pans.

72 — Épée à poignée de fer ; nombreuses branches de garde et de contregarde et longs quillons droits.

73-74 — Deux épées courtes à poignée de fer revêtue de cuir sur la fusée.

75 — Dix pièces : épées, couteaux de chasse et poignards en fer, à fusées de bois ou de fer, de diverses époques.

76 — Espadon en fer, à fusée revêtue de cuir.

77 — Autre espadon à lame flamboyante.

78 — Douze lames d'épées.

ARMES D'HAST ET DE JET

79 — Arbalète à cric en marqueterie de bois de couleurs et d'os ; le cric manque. XVIᵉ siècle.

80 — Arbalète à cric en bois incrusté d'os gravé : dauphins et rinceaux ; le cric manque. XVIᵉ siècle.

81 — Porte-mèches de canonnier en fer orné de rinceaux dorés. XVIIᵉ siècle.

82 — Epieu en fer orné de rinceaux et palmettes dorés.
XVIIᵉ siècle.

83 — Épieu en fer damasquiné argent. XVIIᵉ siècle.

84 — Fourche de mousquetaire en fer orné de rinceaux
argentés. XVIIᵉ siècle.

85 — Hallebarde à très longue pointe en fer gravé, à rinceaux et personnages, datée 1596.

86 — Fauchard en fer gravé.

87 — Deux hallebardes à fer découpé et uni.

88 — Pertuisane à fer uni.

89 — Fauchard en fer gravé du XVIIᵉ siècle.

90 — Hallebarde à fer gravé à armoiries, du XVIIᵉ siècle.

91 — Hallebarde à fer ajouré et uni.

92 — Hallebarde du XVIIᵉ siècle, à fer gravé à rosaces et
feuillages ; traces de dorure.

93 — Hallebarde en fer avec disques de cuivre incrusté.

94 — Hallebarde suisse à fer uni.

95 — Hallebarde à fer uni du XVIᵉ siècle.

96 — Hallebarde du XVIᵉ siècle, à fer gravé

ARMES BLANCHES ET ACCESSOIRES

97 — Deux dagues à large lame ; l'une d'elles damasquinée,
l'autre à pommeau en forme de tête d'aigle.

98 — Dix stylets en fer, l'un d'eux avec un fourreau.

99 — Deux stylets à poignées de bronze.

100 — Main-gauche à lame ancienne en fer repercé et munie de nervures, poignée en fer ajouré.

101 — Trois dagues, l'une à poignée d'ivoire en forme de cariatide, les autres en fer.

102 — Kathar indien avec son fourreau.

103 — Deux pièces : hache, marteau d'armes en bois et fer.

104 — Dague à large lame à poignée de corne.

105 — Masse d'armes en fer : la poignée est garnie d'argent, et l'extrémité supérieure est en fer orné de rinceaux dorés.

106 — Hache d'armes en fer damasquiné d'argent à rinceaux; la poignée est garnie d'argent.

107 — Pulvérin en cuir noir côtelé.

108 — Quatre pulvérins en fer gravé et avec cartouches en bronze.

109 — Deux autres en corne, l'un gravé.

110 — Deux autres, l'un en cuir gaufré; l'autre en bois revêtu de cuir.

111 — Trois mécanismes de fusils à silex en fer gravé du xviiie siècle.

OBJETS VARIÉS

112 — Vitrail rectangulaire en hauteur : sainte femme assise et lisant ; au second plan, habitations. Fin du xv⁰ siècle.

113 — Vitrail carré : Christ vu en buste sous une arcade gothique. Fin du xvᵉ siècle.

114 — Vitrail carré : la Vierge vue en buste sous une arcade gothique. Pendant du précédent. Fin du xvᵉ siècle.

115 — Deux petits chandeliers vénitiens en bronze gravé.

116 — Deux petits socles en bronze florentin.

117 — Trois mortiers en bronze.

118 — Petit cavalier en bronze portant le costume militaire xviᵉ siècle.

119 — Statuette en bronze : Minerve debout. xviiᵉ siècle.

120 — Statuette en bronze : Vénus debout. xviiᵉ siècle.

121 — Statuette en bronze : personnage vêtu à l'antique.

122 — Environ vingt-deux pièces, bronze, fer et fer damasquiné : fragments de poignées d'épées, de garnitures de pistolets, tire-bouchons, petit morion.

123 — Écritoire en bronze en forme de tête de nègre.

124 — Trois pièces : ceinture en fer et deux petites lames de couteaux.

125 — Trois pièces : grattoir à manche d'ivoire, couteau et poignard à manche de corne.

126 — Fermoir d'escarcelle en fer damasquiné avec petits mascarons en relief.

127 — Trousse en ivoire sculpté présentant le roi David; elle contient un couteau et une fourchette à manche de corne. XVII⁰ siècle.

128 — Étui cylindrique couvert en bois revêtu de cuir noir gaufré et gravé, à armoiries et rinceaux. XVII⁰ siècle.

129 — Autre étui cylindrique en bois revêtu de cuir noir, présentant en léger relief une Crucifixion. Ancien travail gréco-russe.

130 — Trois étuis de pyxides en bois revêtu de cuir noir gaufré et gravé à rinceaux. XVI⁰ siècle.

131 — Quatre coffrets en maroquin rouge doré aux petits fers, des XVII⁰ et XVIII⁰ siècles.

132 — Neuf reliures en maroquin doré aux petits fers, armoiries et rinceaux des XVII⁰ et XVIII⁰ siècles.

133 — Coffret rectangulaire en fer orné de peintures : scènes de chasse avec serrure apparente. XVI⁰ siècle.

134 — Coffret rectangulaire à couvercle bombé, en fer revêtu de cuir. Commencement du XVI⁰ siècle.

135 — Coffret rectangulaire en bois, revêtu de cuir de couleurs, gravé à décor d'oiseaux et feuillages. XVI⁰ siècle.

136 — Tronc cylindrique en fer.

137 — Trompe de chasse en ivoire de morse gravé.

138 — Bas-relief en fer : personnage se donnant la mort.

139 — Deux étendards en soie.

140 — Huit pièces en cuivre gravé de la Perse : fleurs, six vases couverts et plateau.

141 — Trois pièces : bol et sa soucoupe en bronze de la Perse, à rinceaux sur fond noir, et petit vase en bronze.

142 — Chaufferette octogone en cuivre ajouré.

143 — Quatre pièces : deux chenets en bronze martelé, à vase de flammes, et pelle et pincettes.

144 — Trois pièces : Christ en ancien émail champlevé de Limoges, fragment en fer en forme de dragon, et salière en argent ornée d'un personnage sur un tonnelet.

145 — Médaillon : buste de femme en marbre blanc.

146 — Écritoire en bronze argenté.

147 — Cantine japonaise en bois laqué.

148 — Trois pièces : boîte à jeux en bois décoré au vernis, et deux reliures en maroquin.

149 — Sept pièces : porte-allumettes et cavalier en bronze, enfant en bois peint, deux boîtes en bois léger, deux divinités indiennes en albâtre.

150 — Deux pièces : almanach perpétuel, cartel-porte-montre en bois doré.

151 — Deux pièces : miniature, portrait de prélat en costume Louis XIV, et panneau peint : Mazarin et une de ses nièces.

152 — Cinq miniatures : les Quatre Sibylles, et portrait de Louis XVI et Marie-Antoinette.

153 — Boîte ronde en ivoire ornée d'une miniature : Femme et lion.

154 — Bonbonnière en forme de tête de chien, en porcelaine d'Allemagne.

155 — Deux étuis cylindriques, l'un en émail de Battersea, l'autre décoré au vernis.

156 — Deux pièces : plaque de baiser de paix en émail peint de Limoges, xviie siècle : le Christ et la Samaritaine, et camée : Saint Georges et le Dragon.

157 — Deux pièces : étui plat en nacre incrustée de cuivre du temps de Louis XVI, et petite boîte en laque du Japon.

158 — Trois pièces en ivoire : buste et médaillon de personnages en costume Louis XIV, et étui plat à décor : personnages chinois.

159 — Deux boucles d'oreilles ornées de strass.

160 — Statuette en bronze du Japon : personnage debout, une flûte à la main.

161 — Figurine en bronze : divinité indienne.

162 — Statuette en albâtre : divinité indienne.

CÉRAMIQUE

163 — Plaque rectangulaire en ancienne faïence de Castelli : scène de sacrifice.

164 — Porte-huilier en vieux Rouen, décor bleu et rouille ; burettes en cristal.

165 — Trois plats en faïence, l'un en vieux Rouen, décor à la corne tronquée ; un autre orné de fleurs, l'autre à décor bleu.

166 — Onze pièces en faïence : carreau et coupe sur pié-
douche, bouteille, vase, perroquet, etc.

167 — Dix pièces : sept en poterie noire et marron : vases,
aiguière et petit plateau, et trois en porcelaine : couvercle, boîte à fard, petit vase.

168 — Deux pièces en vieux Rouen : jardinière-applique,
décor à la corne tronquée et fontaine d'applique, fleurs et
oiseaux.

169 — Deux pièces en faïence : porte-bouquet en vieux
Delft, décor en bleu, et bol couvert en ancienne faïence
italienne.

170 — Deux assiettes : l'une en vieux Delft, à branches
fleuries en couleurs, l'autre en faïence de Lorraine à pay-
sage maritime.

171 — Quatre assiettes en ancienne faïence française : deux
décorées en camaïeu rose, deux à emblèmes des trois
ordres.

172 — Plateau lobé en ancienne faïence du Midi, contenant
quatre pommes

173 — Deux pièces en faïence : vase quadrilatéral à décor
bleu, et jardinière-applique à décor en rose.

174 — Fontaine couverte et son bassin en terre vernissée
marron d'Avignon.

175 — Deux plats en porcelaine du Japon, décorés l'un en
bleu, l'autre en bleu, rouge et or.

176 — Deux tabourets de jardin en porcelaine de Chine :
rinceaux en bleu.

177 — Deux petites potiches non couvertes en porcelaine
du Japon : haies fleuries en bleu.

178 — Deux statuettes en porcelaine blanche de la Chine, de
Kouan-in, debout.

179 — Deux pièces en ancienne porcelaine blanche d'Allemagne : figurine représentant l'Hiver, et petit groupe.
Femme et enfants.

180 — Plaque rectangulaire en biscuit de Wedgwood : jeux
d'amours, sur fond bleu.

ÉTOFFES

181 — Carré de satin rouge avec applications : au centre,
médaillon, contenant le Christ. Ancien travail italien.

182 — Quatre pièces : deux carrés en velours brodé de
métal, travail persan, et deux bandes du xvie siècle, l'une
en velours rouge avec cordonnet, l'autre en satin rouge
avec applications : médaillons de saints.

183 — Chasuble en soie verte brochée à fleurs en couleurs
et métal. xviie siècle.

184 — Environ onze fragments d'étoffe : glands, velours,
guipures, etc.

185 — Six pièces : quatre rideaux et deux galeries en étoffe
rouge.

186 — Neuf pièces : bandes, tablette de cheminée et coussins
en ancienne tapisserie.

RED. :

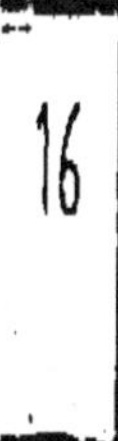

16

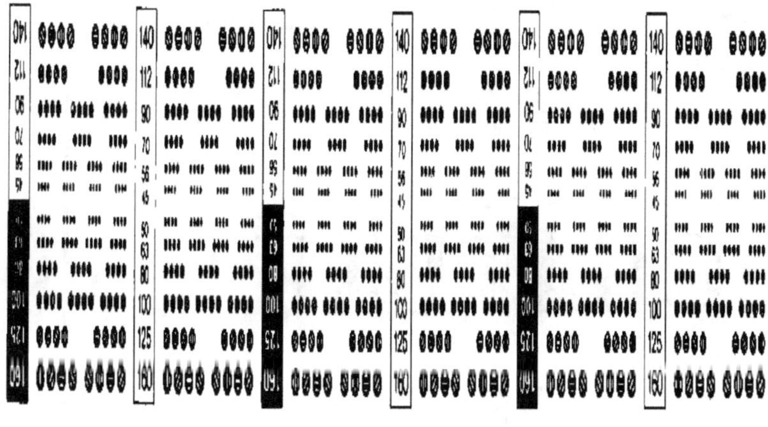

MIRE ISO N° 1
NF Z 43-007
AFNOR
Cedex 7 - 92080 PARIS-LA-DÉFENSE
graphicom

0 1 2 3 4 5 6 7 8 9 10

BIBLIOTHEQUE NATIONALE DE FRANCE

****

CHATEAU DE SABLE

1996